la mariposa y el leopardo

cuentos

Martha Manarini

A esta fantasía
de realidad
empecinada

Índice

La mariposa y el leopardo (4)
El ascensor (5)
La voz y la tinta (10)
El exterminador (11)
El ilusionista (13)
En el parque (23)
Tres palabras (25)
El aleteo (28)
Sin deseo (33)
El sueño ajeno (35)
La robada (38)
La fuga (39)
De amor (41)
El vaticinio (42)
Va (45)
Sigth (46)
El primer dios (47)
La huída (48)
El buen Jesús (49)
Localismos rioplatenses (50)
Otras publicaciones de la autora (51)

La mariposa y el leopardo

La mariposa revolotea sobre las heces del leopardo.

La mariposa ronda se posa.

En tierras de universo Azande, cultura del África tradicional, la mariposa es un príncipe reencarnado y el leopardo, símbolo personificado del poder hasta en sus heces.

Por eso la mariposa revolotea. Añora su poder.

*E*l ascensor

*L*os cinco en el ascensor, con la incomodidad que da viajar juntos, apretados y sin conocerse., entrechocándose en el sacudón de la parada final. Después los esperaba un pasillo largo y lujoso. Tapizadas las paredes, el piso cubierto de alfombras del mismo color gránate, un poco anticuado. Los candelabros allí, ribetes de bronce, demasiado pretencioso.
- ¿Nos atenderán pronto?
Los otros no le contestaron. ¡Si no se conocían!
Los minutos pasaban. Las sillas donde hubieran podido sentarse, se hallaban distribuidas a lo largo del vestíbulo, distanciadas entre sí en unos dos o tres metros. No se conocían, pero aparentemente preferían continuar en grupo, aunque ignorándose.
- Yo inventé la máquina de escribir de George Simenon.
Silencio de los otros. Indiferentes ante el inoportuno. Semejante barbaridad verbalizada, les hacía dudar de la propia originalidad e inventiva, que hasta el momento ocultaban. No se justificaba exponer la propia intimidad sino en singular circunstancia de confidencia, válida a la autoestima.
- Es una idea vencedora, aunque ustedes no me crean. Podría venderse junto a la caja de vidrio en la que escribía Simenon.
- No existió nunca.
- Si.
- ...
- Hubo un contrato. Construyeron la caja de vidrio.

- La habrá *Usted* visto en algún museo de cera, como sensacionalismo.

Sin discusión. Silencio y tiempo.

- Yo soy el dueño del Parque de Diversiones de la Plaza del Dam, y en el juego del martillo ¿lo conocen? bueno, el mío, es un trampolín al otro mundo. Lo juro.

Se abrió una puerta al fondo del largo vestíbulo, dejando ver a continuación, un ambiente igual al cual estaban, quizás algo más ensombrecido. Finalizaba también en otra puerta idéntica a la anterior, abierta.

Se sucedieron nuevamente los minutos, alargados interminablemente por la tensión y propiciando el ánimo a la confidencia impuesta a los tres que no habían hablado.

> *- Brillo en caricias*
> *una estrella fugaz*
> *arde en mis manos.*

Dijo la mujer mayor como presentándose. Las miradas se centraron en los otros dos. Uno de ellos demostraba una desazón en aumento, pero fue el otro quien habló.

- Este hombre tiene una calesita en la cabeza, por eso no habla ¡y se le ha subido cada gente! que no sé si resulta buena compañía para nosotros, que nos encontramos en un lugar *comprometedor*.

- ¿En qué lugar estamos?

- ¿Usted *sabe*? Dígalo.

- Dígalo.

Lo interrumpieron los otros, como si hubiera dicho una obviedad acerca de la cabeza del que callaba.

- Yo *veo*. Por eso hago mención de la calesita sobre este pobre desgraciado

- ¿Qué estamos haciendo acá?

> *- Importa acaso develar*

del perfume
su misterio.

Acotó la mujer encogiéndose de hombros y la sucedió un silencio.

-   Ya repetidamente, me he apretado y pellizcado hasta con violencia el brazo y no siento ningún dolor.

-   Es como si no existiéramos. Siento esa sensación en lúcida evidencia. Pero no tengo miedo.

-   Estamos muertos.

- ¿De qué forma de muerte
y en que cielo?

Un nuevo resplandor, esta vez lejano, correspondiendo a la puerta siguiente, que se abría.

-   Díganos algo usted, ya que dice *saber* y hagamos algo.

-   Si. Por favor.

-   Antes estaba seguro. Pero ahora dudo.

-   Diga sus dudas.

-   En dudas o certezas, no hay nada que hacer, nosotros estamos muertos.

-   No es lo que yo *veo*, a pesar de mis dudas.

-   Por favor...

- Que un nuevo sueño
se sume al Todo sueño.

-   Yo *veo*. Mejor dicho, mis lecturas, las iglesias alternativas que he seguido... Se diría que cada uno de nosotros, se salió a su manera de las reglas, digamos.

-   ¿El karma? ¿Eso que dicen de la reencarnación, dice?

-   ¡Qué va!

-   Déjenlo hablar, por favor. Disculpe y continúe.

-   Yo *veo* si no hablo, porque si hablo, *arriesgo* equivocarme.

-   Diga, diga.

- Digo, que cada uno de nosotros *parecería*, que se ha superado a sí mismo, y ha ascendido por evolución o por accidente, a otra dimensión. ¡Eso! Es todo lo que puedo decir.

-   ...

-   ...

-   ¡Qué va! Fabulaciones de gente de tres por cuatro. Gentuza, es la triste denominación. Y disculpe la señora tan bien hablada. Pero es insensato en este momento conflictivo, arriesgar discursos sobre temas no calificados.

-   ¿Puede decir algo más? De acuerdo a sus lecturas, cualquiera fuera la razón por la que estamos aquí. ¿Qué es lo que podríamos hacer?

> *- Hacer o deshacer*
> *la razón,*
> *el tiempo.*

- ¿Pero estamos vivos o estamos muertos?
- De acuerdo a los Maestros, estamos en otra dimensión.
- ¡Se abre otra puerta!
- De acuerdo a los Maestros, serían siete las puertas.

> *- Que se abren sucesivas*
> *en nuestro optar*
> *lados del mundo,*
> *éste*
> *o el del reverso de los sueños.*

- Tranquilícese señora.

> *- Nada me inquieta,*
> *lo imaginario es lo real.*
> *Lo otro,*
> *su ausencia.*

- Otra puerta.
- Y otra luz.

- Sólo resplandores
en tinieblas.

- Tranquilicémonos.
- Avancemos.
- Acá estamos muy cómodos.

- Aquí o allá
en fluir llegamos
al punto de partida
del ensueño.

Una sobria sirena sin estridencia, en ahogada sordina, inunda los espacios señalando al personal de la clínica una irregularidad.

Un descuido en recepción. Ni el personal médico comisionado, ni el administrativo, se encontraban en sus puestos al llegar los pacientes trasladados en emergencia desde Ámsterdam y otros locales psiquiátricos de la provincia del Norte de Holanda, asolada por las inundaciones.

*S*obre el tiempo lineal, la magia del ritual superpone el eterno, de los símbolos.

Ellos de pié cantan en el momento mítico, rostro y voz hacia el espacio desértico, mitigado por la montaña honda en gris, de lícitas estrías.

El sol parte tenue, la devoción se multiplica en himnos de alabanza a la esencia de lo que vive y es, más allá de lo tangible en las especies.

La joven en el canto está sumergida. Con una exclamación interrumpe canto y ritual e invocación, de lo que es sustancia en lo existente. En el tiempo mítico, locuaz y perceptivo ha comprendido a su sorpresa, que en el manuscrito éste del que ella lee los cánticos, en los trazos de líneas oscuras y antiguas que delinean los versos, se recuerda. Antes que ahora, ella fue la tinta que marcó estos versos.

El atardecer culmina para mostrar disipándose, la luz aún evidente del día que lineal se percibe y demuestra. Será la anoche al acabar el canto en obvia luna, quien a manojos desperdigue las estrellas, que su brillo ocultaron al diurno exceso de evidencias.

*E*l exterminador

Todo ser, es un cadáver en potencia. Juzgaba el exterminador, mientras caminaba metros y metros de celuloide proyectándose en haz luminoso dentro la sala oscura.

Caminaba por *el resumidero de delincuentes y asesinos de New York*, en la disciplina nocturna *de limpiar la ciudad de su escoria.* Se decía el inapelable exterminador en su rol de justiciero. ¿No sería *inapelable justiciero en rol de exterminador?* Debía recordar con perfección la combinación de palabras que marcan su carácter de personaje principal del film. De lo que estaba seguro, era que su rol, no admitía dudas. Tampoco ambigüedad o titubeos, ni siquiera cuando apretando el gatillo, *ajusticiaba* exterminando alguna de las inmundicias, a las que podía llegar la condición humana en New York. Toda la inmundicia que lograba alcanzar su mano alargada en misión justiciera.

En la penumbra de uno de los recodos ensombrecidos del Central Park, divisó una muchacha *rubia como un milagro* y quizás de tanta sorpresa, no halló excusa para matarla al primer tiro a la altura del corazón, como a él le gustaba matar a las mujeres hermosas. *El corazón, en el centro, equidistante con los pezones que te miran sorprendidos de recibir la flor encarnada creciéndoles en un rojo cada vez más profundo hasta enviarlas a la otra vida. El ombligo, siempre condescendiendo en semisonrisas.*

Buenas noches, le dijo con la mirada la muchacha y él, caminaba cada vez más y más despacio, pensando desesperadamente en una excusa para detenerse sin tener que matarla. Tan hermosa la veía, que hubiera querido que ambos estuvieran fuera del film. Permaneció de pié frente a ella sin excusa alguna y ambos callados. Allí en el centro del Central Park de New York, *en el centro neurálgico del delito y el ajusticiamiento,* recordó que especificaba el libreto, sin que las luces se atrevieran sino a insinuárseles a las sombras tupidas que absorbían la tensión aumentada, porque la ambigüedad del rol del personaje de película se evidenciaba diferenciándose inapelablemente, ya exterminador, ya justiciero.

En la indecisión, uno se quedó allí con la rubia del milagro, mientras el otro tuvo que seguir caminando en el film donde apenas se hacía referencia a la muchacha: *una prostituta que sería asesinada,* mostrando un caso típico de violencia en esa noche que estrenaba una luna estupenda, que encantaba aunque trajera lluvia, porque ellos estaban allí quedándose, aunque la película siguiera con la trama por otro lado que ellos, mirándose sin excusas.

Cansado de estar parado, al exterminador le comenzaron a doler los tobillos. Nervioso, comenzó a hablar del tiempo. Distraídamente los dos, demostrándose de tan enamorados, que no estaban en nada serio.

Ella comenzó a desvestirse distraídamente, pero mirándolo todo el tiempo, con toda la ropa prenda a prenda cayendo hacia atravesar el suelo del recodo del parque en humedad de rocío lento, perfumándose. *Cayendo plateadas por la noche en un flotar para siempre abriéndose en abrazo insinuado, que ella empezó a darme desde donde flotaba colgada a mi mirada.*

Sin ropas, flotábamos los dos hacia las ropas, porque no había suelo.

*E*l ilusionista

*H*abía tenido la mala suerte de nacer *sensible*, con temperamento artístico en una época que requería algo más y donde gente como él *no hacía maldita falta*. Recordaba la frase leída en una novela policial y sentía que podría haberla inventado él. Ese *maldita*, puesto justamente allí, lo decía todo.

Eran épocas difíciles, y los Bernasconi ya habían prometido varias veces que si se atrasaba en el pago del alquiler, le pedirían la pieza en el rotundo conventillo que ni siquiera pretendía disfrazarse de hotel de barrio. Entendió que esta vez iba en serio, cuando Bernasconi padre no estaba enojado en la mañana al decirle: *"Amigo, esto se terminó"*, así sin levantar la voz y él ¿dónde iba a llevar sus cosas ahora? Cierto que no tenía nada importante, ni ningún lugar donde trasladar cosas, así que, con las manos en los bolsillos de su mejor pantalón, con el saco que *casi combinaba* y el paso tranquilo, fue a buscar trabajo y encontró el cartel del circo como si lo estuviera esperando para decirle, que había esperanzas

En Liniers estaba el circo. Contó las monedas, le alcanzaba justo para el boleto de ida y centavos más centavos, que no terminó de sumar, ¡si no era necesario!

Tomó el tren en Caballito. Iba a llegar más rápido que con el colectivo y no viajaría tan apretado. No era una hora tope y estaría presentable cuando llegara al circo. Presentable, descansado, especial para causar buena impresión desde el inicio, que le tuvieran confianza como para hacer una buena prueba y conseguir trabajo, casa y comida. ¿No dicen que siempre hay trabajo en un circo? Era la solución y se le había presentado allí, desde el cartel de propaganda pegado en la misma esquina de su casa, al lado de las letras que decían "prohibido pegar carteles", en el Pasaje Balcarce.

Confiaba en esa esquina, con sus dos bares a los que usaba como si fueran otra habitación de la casa, de la pieza mejor dicho. Siempre ocurría algo lindo en esos bares. Ahora esto de conseguir trabajo en el espectáculo otra vez.

Él no era hombre de circo, ni trapecista, ni payaso. Pero tampoco era médico, ni ingeniero, ni abogado, ni sabía atender un teléfono con la eficiencia de la gente *de buena presencia* que se emplea en oficinas y responde al teléfono con seguridad en la voz y capacidad de improvisar respuestas.

Sí que había aprendido que eso era importante en la vida, *la buena presencia*. Pero él nada sabía de máquinas de oficinas, ni de ficheros como saben los oficinistas. Ni hablar de ser empleado bancario. De aritmética no sabía siquiera como se acentuaba la palabra.

No era momento para pensar en todas esas carencias. Hay otra cara de la vida, la que él usó antes, con sus atributos, cuando anduvo tanto tiempo trabajando aunque fuera de pinche*, en los piringundines* cabareteros del barrio bajo y en los espectáculos en la noche de calle Corrientes. El Maipo por ejemplo, un teatro del centro de Buenos Aires, ubicado en plena calle Corrientes, y allí trabajó de iluminista en revistas musicales cuando el Maipo estaba en sus mejores épocas. Cuando estaba Nélida Roca, Libertad Leblanc. *Vedetes* extraordinarias eran esas mujeres. Nunca más superadas. ¡Qué digo! ni igualadas.

Ahora su vida en el espectáculo volvía con ésta posibilidad del cartel. Estaba contento de su decisión de buscar trabajo en el circo. Mejor que hacer teatro y debe haber un salario fijo. Él supo andar el teatro de la gente más pituca*, intelectuales. *El verdadero teatro*, decían ellos, horrorizándose cuando él contó que había trabajado en el Maipo, y tuvo que aclarar, *de iluminista*, para que no lo miraran con tanto desprecio.

Era importante recordar ahora toda la experiencia de esas épocas, para hablar con seguridad en la entrevista del circo, y era verdad que él había yirado* desde el teatro en calle Corrientes al vocacional, donde es otra cosa la vida, se tienen otras satisfacciones, pero no se gana casi dinero. Solo el tiempo pasando y nada más.

La desilusión cuando se distribuían los roles de los personajes, a veces un papelito más o menos. No tenía siempre que estar en utilería como en el Maipo. Claro que en el vocacional no pagaban y en el otro sí.

En el circo él iba a ser protagonista de verdad, casa y comida. Así que, al circo.

Los ambientes desinhibidos, por contraste con su timidez, le agradaban. Más aún, consideraba que era lo que necesitaba para recuperarse. La felicidad del circo necesitaba, él, que había estado un poco abandonado de la suerte últimamente. Pero era recordando cosas lindas que debía andar ahora.

Pensando alegrías, pensando, ya llegaba a la estación de Liniers. Hacía bastante tiempo que no andaba por estos lados, no le gustaban demasiado los suburbios, menos aún las estaciones de los suburbios. Tanto amontonarse y entrechocarse de gente. Su zona era el centro. El Bajo de Buenos Aires, cuanto más, San Telmo. Pero en el centro no había potreritos* ni espacios abiertos donde levantar los circos.

Sentía calor, siempre le parecía que en las afueras de la Capital hacía más calor que en el centro, se sentía inseguro cuando se alejaba del centro, pero era lo menos indicado para pensar en este momento que tenía que demostrar seguridad en la entrevista. Aunque fuera verdad, uno entra a una confitería lujosa del centro, aunque sea para tomar un café o ir al baño y ya se refresca con el aire acondicionado y no es solo eso, sino que se te llena el alma de todo ese lujo y esas luces. Uno que es del espectáculo sabe de esas cosas. Las necesita de nuevo de vez en cuando, aunque fuera un tímido como él era.

Cuando bajó en la estación de Liniers, a la primera pregunta de orientación, ya le dijeron donde estaba el circo. Tuvo que caminar y con las últimas monedas, se regaló una copa de grapa en un bar del camino en dirección a las vías del tren. Llegó al Circo y de repente se vio frente mismo al director del circo, dándose cuenta de que además de no ser ni abogado, ni médico, ni payaso, ni equilibrista, era una nulidad en relaciones públicas, que el director del circo lo miraba descreído y aburrido apenas se lo pusieron adelante.

"*Vaya nomás*" dijo el hombre y él dio un brinco, porque pensó que ya lo echaba. Pero no, no era a él a quien hablaba, sino al hombrecito casi enano que le señalara la carpa del director, cuando él vagaba por el rectángulo donde acampaba el circo. El potrerito donde se arman los circos de un día para el otro como en un sueño de niño.

Yéndose, el hombrecito le hizo un guiño deseándole suerte, al cerrar la abertura de luz de la carpa. Sería uno de los payasos.

De pié, miraba las espaldas del director que manipulaba papeles. Ninguno de los dos hablaba y comenzó a ponerse nervioso, a sentirse tenso con el miedo creciéndole dentro y llevándoselo.

No quería ser el primero en hablar, ni entregarse a la angustia tampoco, ya se había asustado cuando el director habló al enanito y él pensaba que ya lo echaba. Seguro que hacía de payaso.

En el interior de la carpa apenas notaba el bulto oscuro de algunos muebles. Sobre la silla, posado como un inmenso pájaro de fuego, el brillo rojo del traje de luces. Brillos veía, viniendo del afuera pleno de luz de la tarde.

¡El director! Cuando se diera vuelta para mirarlo, iba a preguntarle qué sabía hacer. Tendría que contestarle alguna frase inteligente, hasta ingeniosa, para imponerse como persona interesante, con encanto, como todo un mago.

Su truco, cuando era chico jugaba al ilusionista y había inventado un juego para estar más tiempo cerca de su prima y que ella lo admirara. Él mismo no sabía si era truco o magia, porque la otra gente no podía repetir lo que para él, era una simpleza.

..."¿Va a empezar?" le preguntaría el dueño del circo. ¿Qué sería? ¿Director o dueño?

- "Yo necesito el público. Si no hay público, el truco no resulta". Le contestaría él.

-    Se dará cuenta que no lo puedo presentar en plena función, frente a todo el público mirándolo y esperando ver su magia, si antes no me muestra su truco y yo juzgo si vale la pena.

- "No sé cómo vamos a hacer entonces, porque si no hay gente no resulta."

- "¿Cuánta gente necesita?"

- "Diez o veinte."

- "Venga mañana entonces. Antes del espectáculo, estamos un rato toda la troupe del circo reunida, siempre hay algo a última hora para acordar y lo hacemos entre todos. Todos tienen voz y voto aquí en el circo." Y pensaba el director del circo, *"soy un santo"*.
- "Yo no puedo venir mañana."
- ...
- "Yo desde hoy voy a trabajar en el circo."
- "Por favor," pidió el director del circo y de verdad que lo decía *"por favor"*. "Trate de ser comprensible. ¿Tiene ropa para actuar?"
- "Deme un traje rojo de luces."
- "Espere un momento." El director levantó la cabeza engominada y apuntó la punta de sus bigotes hacia el cielo de la carpa y llamó.

Un instante con los ojos cerrados, mentón e inmensos mofletes en cara de director de Circo y silencio. Luego nuevamente abrió la bocaza y llamó y aún no finalizaba la voz del dueño del circo de retumbar dentro de la carpa, cuando apareció la écuyère con el traje rojo de luces entre los brazos, inclinándose grácilmente en paso de danza al dejarlo brillando sobre la silla y entonces él le respondió al director mirándola hermosa, parada allí vestida con traje ella también, de luces brillantes sobre tul blanco y los brazos abiertos profesionalmente en arco de abrazo a lo invisible, que la equilibraría sobre el caballo, hermosa allí al compás de la música. Le parecía verla.
- "Yo puedo hacer ahora mismo el truco, no importa que no hayan más personas que nosotros dos, perdón, tres" y la miró a ella que sonreía.

Se vistió de rojo brillando, arremangados los puños de la blusa que flotaba envolviéndolo, se puso un dedo en la boca humedeciéndolo y luego lo extendió hacia donde había corriente de aire, para establecer la dirección del viento.

- "Ready", dijo pensando "Ya está", y le sonrió a la écuyère al pedirle: "Piense algo para alguien".

- "Ya está" contestó ella, con los ojos brillantes dando un paso de baile sobre la punta de sus zapatillas. Y él, con las manos en dirección del viento (que viento no había dentro de la carpa). Una abierta, como protegiendo a la otra con el puño cerrado, al que susurró algunas palabras y después de sólo un instante, abrió la mano y de ella aleteó un papel plegado que arqueó el espacio hasta posarse en el pecho del director del circo que lo abrió para leer "Contrátelo por favor, señor director".

Qué lindo que era el circo.

Los olores, la carpa amiga desde el comienzo, confiándole que ella era así de nacimiento, improvisada y efímera. Los animales, cada uno con su paso de fantasía, demostrándole que estaban contentos de que él estuviera contento de venir a vivir con ellos al circo. Todos amigos y en confianza, hablaban de las pequeñas cosas, no de las grandes cosas todavía, porque era recién el comienzo de la amistad en su nueva vida. Lo verdaderamente importante era que *él ya era del circo*, ya estaba en un lugar, en *su* lugar, cómodo entre amigos, entre gente que le tenía confianza, y entre animales que le hacían confidencias. Comentaban por ejemplo de la comida, que sin calidad ni excesiva abundancia... "Es una ración proporcional y constante", había diagnosticado con voz de galán, en humor imbatible el camello, compadreándole enamorado a la dromedaria, *"sin convencerse que el parecido, no involucra ser de la misma especie"* opinaba la pantera, de quién se comentaba que era de un feminismo clasista, a raíz de la eterna discusión que sostenía con la leona, sobre cuál de las dos era en verdad el prototipo de la especie de felinos, dado que ella era pantera, con atributos felinos, tan legítimos que daba nombre a la especie, mientras a la otra, el prestigio le venía del marido, *ella, es de estirpe endeble, subespecie mestiza entre leona y pantera*, ironizaba rugiendo zigzagueante desde su jaula. Sin hablar de cuando discutía quién sería, consecuentemente, la verdadera reina de la selva.

Al tercer día de circo, ya era amigo de todos los animales y de cada uno de los artistas.

Disfrutó como un loco, la esperanza de la semana de prueba, como disfrutó después la firma del contrato y la fiesta del primer año de trabajar en el circo y disfruto de las *amistades para toda la vida* con el enano payaso y la encanta-dora de serpientes que se convirtió en *como una madre para él*, que gozaba desde *el amor a primera vista* hasta el *amor eterno*, con quién sino con ella, la écuyère.

¿Quién que se respete a sí mismo no ha deseado ser amado por una écuyère? aunque fuera ocho años mayor y se ganara *un enemigo para toda la vida*, el gitano adiestrador de caballos árabes, antiguo amor de ella.

Todo iba sobre rieles en su nueva vida (el circo se trasladaba por tren congraciando la realidad con la metáfora), cada instante era más y más feliz, hasta el fatal olvido de la encantadora de serpientes, que entró a escena sin vaciar de su veneno, la glándula del colmillo de la yarará que estaba en pleno período de celo, mientras como música de fondo, soplaba con toda intensidad el Viento Norte, según diagnosticó su dedo, al medir la dirección del viento para su acto de magia, en ese día.

Nunca se estableció, cuál de los factores influyó preponderantemente en la irascibilidad experimentada por el reptil, pero su amiga y *madre que nunca tuvo*, no consiguió encantar la yarará en el momento crucial de la función, cuando se daban el beso final, pasando *a mejor vida* y no se sabe bien porqué, fue como si la vida cayera como un castillo de naipes luego de habérsele quitado la carta clave que lo soportaba en equilibrio. La écuyère volvió a su antiguo amor y el payaso a raíz de un mal entendido, *le retiró la amistad...*

Él, sabedor de infortunios, entendió que su vida se venía abajo para toda la vida.

Su Truco. Nadie sino él podía hacerlo, porque él se metía dentro del alma de la gente, era un curioso de la gente que amaba y él, amaba a toda la gente. Cuando se sentía enamorado mejor que mejor, aunque fueran *amores imposibles*. Él era el buen curioso tratando de adivinar lo que la gente pensaba y sentía para complacerla, hacerla en lo posible feliz, él quería dar felicidad y amor, él *que nunca había tenido cariños verdaderos*, solo la prima, por eso el truco para verla sonreír, luego reír.

Pero eso fue hace ya tanto tiempo, cuando era todavía un muchacho y no ahora, ya con la edad que se le venía encima con esta tristeza de fin de vida, que hacía que no le importara nada de la gente; ni sentía ninguna curiosidad. Ni siquiera por sí mismo.

Parado frente al director del circo con la mano extendida sin alcanzar a tocar el traje rojo brillando sobre la silla. Paralizado bajo la mirada del director que había dejado de manipular papeles, que ya no estaba de espaldas y que lo miraba con los ojos huyéndole a la mirada de él, bajando los ojos los dos, parecía que lo que mostraba el piso apenas cubierto con arpilleras y algunos tapices disfrazados de alfombras, era lo verdaderamente importante en ese instante eterno.

- *¿Quiere algo de dinero?* preguntó el director del circo diciéndose a sí mismo "Soy un santo y éste es otro desgraciado que me trae el enano para burlarse de mí. Sabe que me pongo sentimental cuando estamos en Liniers. Más que pobreza, es indigencia y sordidez la que veo en aumento cada vez que levanto aquí el circo, y no puedo dejar de amargarme al recordar cuando de muchacho, me escapé de mi casa y de éste barrio.

De todos modos, no puedo tratar mal a éste pobre hombre, aquí parado, con la mirada perdida. En una de esas se desmaya y acarrea más problemas que pagarle un pasaje hasta el centro".

Acompañándolo hasta la abertura que hacía de puerta en la carpa, le dijo que se cuidara, que descansara, que se alimentara bien, a la vez que sacaba de la billetera unos pesos más - *"Para un sándwich"* y con una sonrisa y palmeándole la espalda, le ponía los billetes en el bolsillo del saco a él, que se iba tímidamente para tomar el tren de regreso desde Liniers.

En el parque

*D*ebía cruzar el parque. Lo sabía peligroso. Peligrosísimo.

Se detuvo debajo del farol luminoso, aún en la entrada del parque. Las baldosas emblanquecidas y el parque en un después blando y oscuro, cada vez más oscuro en arboledas y en espacios aparentemente destinados a que las sombras se aglomeren profusas y amenazantes.

Sabía que tendría miedo. En el sonar rítmico de sus pasos, aún en la vereda en luz, acumuló la audacia suficiente para creerse capaz de superar este trance, pero ahora también sus pasos lo dejaban solo, en la silenciosa cautela impuesta por la tierra batida del sendero y el antiguo enemigo, se volvía omnipresente, secándole la garganta hasta la asfixia y la congoja.

Un ajetreo de ramas y el temido sobresalto.

Siguió penetrando la oscuridad y las sucesivas variantes que ofrecía el parque, *diseñadas con originalidad no exenta de talento*, reflexionó en breve tregua de su miedo.

Entró al plateado semicírculo empedrado, donde bajó la luna apresurada a acompañarlo, sabiéndolo ya cercano al pánico. A mostrarle en luz, que no había enemigo ni razón de tanto del miedo ése, que lo envolvía creciéndole desde dentro en fauces hambrientas.

La presencia acechante a sus espaldas se hizo evidente, y se aferró al revolver rígido y categórico cuanto su mano.

Si lo atacaban, atacaría primero, alcanzó a confirmar en la lúcida urgencia del instinto, cuando el respirar del otro enfriaba su nuca en el impulso de abalanzársele y disparó el arma.

- *Venir a morirse aquí en el parque, aquí solito.*

- *No le saques el anillo que con las alhajas siempre hay problemas.*
- *Mira que éste no parece drogadicto.*
- *Que te importa a vos. Apurate que comienza a aclarar.*

El amanecer constante, acarrea su alba en suave viento al semicírculo empedrado. Cumple su cita con la hojarasca a la que pretende divertir, y si hay humor, bailar con ella.

Música producen sobre las piedras. El viento invita y siempre insiste, hasta que generalmente, ellas aceptan.

Pocas veces pierden el equilibrio las hojas al dar la curva grande, se nota que el viento esta adiestrado en conducirlas en ráfaga, midiendo exactamente el impulso dado por la fuente a la velocidad del giro y que es cuando las hojas aprovechan para pararse en puntitas de pié en la danza que hoy, las entrechoca arremolinándolas contra el cuerpo del suicida.

Tres palabras

- *Dime tres palabras y te contaré tu vida,* el viejo negro sentado como un ídolo a la sombra del árbol que se emplaza al frente de *nuestra casa,* había especificado el padre.

La niña llegada al África negra desde *el continente* dictador de voces, de vidas, diferencias. Escucha con modesta avidez, la invitación al primer juego en el lugar sin casas alineadas en veredas, sin *la casa de mis amigas,* sin *mi escuela,* sin automóviles que cruzan calles que no hay.

África. Espacio caliente de tupidos árboles distantes, los vio como una mancha verde desde el barco, luego del mar, cuando los días navegando el río, lomo de animal caliente y perfumado, su amigo diciéndole voces al oído todo el tiempo y por la noche la acunaba que ya no necesitó a *mamá que me cuente historias hasta dormir.* Sus padres le hablaron de los árboles, no del río, que *son tantos como casas hay en París, así de grandes, altos* y ella todavía *no tiene permiso* para ir a verlos.

- ¿Me llevarás a ver los árboles?
- Cuando lo ordene tu padre.

Todo cambiará en nuestras vidas a partir del nombramiento, había dicho el padre entre risas y eran felices como en días de cumpleaños.

Prepararon el viaje desde París hacia donde *ser funcionario en nuestras colonias.* Y la risa con ellos por tanta alegría de *ser coronel colonizador* y porque esta vez, su madre no lloraba como siempre que *papá* usaba el uniforme.

La niña acepta el juego del hombre negro y se sienta en cuclillas imitándolo en sus gestos. Los zapatos de badana cruzados frente a las desnudas plantas del viejo, señor de la sonrisa. Con el canto de la mano, alisa en gesto que es caricia y página en polvo del árido suelo del África inédita y en la página escribe un signo por cada voz que ella dicta: *"madre, río, piedra"*.

\-   *Cada palabra es tu nacer y renacer constante. En rotunda y cambiante se convierte tu sustancia, a remedo del gran río.*

Has llegado en alegría a tu felicidad, al sino que complementa tu destino y también, demasiado pequeña, has llegado a tu tristeza, porque este Senegal que te acoge, y te bendice como suya, es rechazada por otra parte de ti, tu madre.

El río Níger es tu don, será tu íntima realidad, el recurso de pervivencia de la alegría inocente de infancia que cada uno llevamos dentro. Tu debilidad y tu fuerza. Para tu madre lejanía de su origen, su juventud y tú de su mano en viaje a una distancia que le resultó excesiva.

Desandarás el río. Otro barco, hondo y definitivo vientre de madre vida, hará vaivén de tu destino, vuelto sólida piedra de inapelable pena. Serás en ausencia. No regresarás a tu don, ni a la niña en tu corazón. Por siempre acusarás a todos y a todo, del bien perdido.

La hija del coronel colonizador, atenta al ronroneo de palabras desde la sonrisa y ansiosa hacia la selva que es oscura de tanto sol, *no saldrás sola fuera de la casa sino hasta el porche, o hasta la sombra del árbol.* Había recomendado *papá.*

No vería al anciano cuando el tiempo fue partida. Cuando se decía *volveré,* inaugurándose en ausencia.

Su mirada hacia el árbol, escuela en vaticinio, y el viaje consumándose en añoranzas de *la gente en ternura,* de ella que se perdía a sí misma, sin respuestas de su río.

*E*l aleteo

*C*onstantemente se distraía en sentir el aleteo compungido de las palomas huyendo, mientras a su pesar, evocaba el estruendo.

Llevaba a los diarios la gacetilla del próximo concierto que darían con el coro gregoriano. Había reservado la visita al "Buenos Aires Herald" para última hora de la tarde porque amaba el atardecer de palomas en Plaza Mayo y eligió ese sector del Barrio del Bajo para distenderse caminando y gozando, aunque fuera por un instante, del atardecer de palomas.

Pocos minutos dedicó a tomar un café, en uno de los bares elegido al azar entre los que miraban la plaza y nuevamente salió al atardecer.

¿Cuánto tiempo se habría demorado en el bar? ¿Veinte minutos? y al salir la atmósfera se había transformado.

La plaza estaba casi desierta. Buscando a su alrededor una explicación a tanto silencio y vacío de gente, divisó algunos grupos aislados caminando, deteniéndose indecisos y en silencio.

Optó por sentarse en uno de los bancos que mustios se le ofrecían y al hacerlo, supo instintivamente, que ella también estaba, a su pesar, involucrada en esa atmósfera ajena, de eléctrica tensión y titubeo.

La sensación le provocó un súbito cambio de actitud. ¿Porqué demorar su trabajo? comenzó a caminar hacia calle San Martín, *debo continuar distribuyendo la gacetilla.*

Adoraba el canto. El próximo concierto era prometedor, sería en La Misericordia, en el barrio de Belgrano. Una magnífica acústica y *un marco ideal para nuestro canto,* los estimulaba el querido maestro Kubik. *La atmósfera que se*

*vive en la capilla me permite llegar a las notas más altas
sólo al reclamarlas el canto. Ni siquiera recuerdo en ese
momento las exigencias técnicas del maestro, mi voz surge
como ejerciéndose por sí misma, en el color y tono que exige
la partitura musical.*

El grupo se había densificado en la bocacalle, también
desde las cuadras del oeste, venían columnas de gente
Quizás es mejor bajar hacia el río yéndome por la avenida.
Ya se despejaría el camino *¿de dónde vendrá tanta gente?
quieren acercarse a la Casa de Gobierno, claro. Debe ser
una manifestación por algo de los trabajadores o de
política. ¿Qué día era? ¿Sería alguna fecha importante en
política?*

Yendo hacia la avenida, apareció la tan bonita Casa
Rosada, adoquinada de policías grises. Les dio la espalda
siendo alcanzada por el sonido rítmico y absoluto de tacos
de borceguíes y el metálico que compitió con el explotar
despavorido en aleteo de las palomas todas, queriendo huir
al unísono de la plaza en apretado manojo agitado en
procura de disputarle espacio al cielo.

Un papel se agitó raspando el suelo y alzándose se aquietó
en un espacio alto y oscuro. Supo que ya no habría palomas.

La plaza era su pozo, su trampa fría, *pero no.*

Se vio a sí misma incorporándose, yendo hacia el
subterráneo, logrando bajar las escaleras a pesar de tanta
gente cruzándosele y ella llegando, *logrando llegar*, a uno
de los vagones del subterráneo que ya marchaba iluminado y
vacío de esa batahola pavorosa de movimiento y quietud.

¡Había olvidado la gacetilla! No le dirían nada por no
haber completado la distribución de la gacetilla en los
diarios. Tampoco el Capo de Coro. La justificarían sin duda,

cuando les contara que a esa hora, había habido una *manifestación*.

No había alcanzado a sentir miedo, solo sorpresa al saberse ante el absurdo. No era exactamente miedo, sino inseguridad y desasosiego. Quizás un poco de culpa era de ella. Eso diría Diego *qué hacías vos en plena Plaza Mayo a esa hora. Cómo se te ocurre, si sabes que siempre hay protestas frente a los ministerios.* Seguro que le diría eso, pero ella no recordaba nada en especial en el día de hoy, ¿miércoles? sí, pero ¿qué fecha? No quería abrir la carpeta para leer la fecha en la nota que acompañaba la gacetilla. No en el vagón de subterráneo repleto de gente. ¿Estaba repleto? Podían caerse hojas de las partituras de música, desde la gigantesca carpeta, pesada, de tamaño difícil de manipular.

Siempre tengo conmigo la carpeta para poder estudiar en cualquier momento libre. El maestro decía que la voz es un don, pero que sola no alcanzaba, que había que esforzarse y ella lo hacía, ella se esforzaba. *Tengo tanta suerte de ser solista del mejor coro de Buenos Aires.*

Sabía que no todos pensaban como ellos, *que era el mejor coro.* Estaban los grupos de cámara.

Siempre utilizaba línea subterránea o la combinación hacia Palermo, *la dicen complicada y lenta, pero a mí me gusta. Se me antoja un submundo lleno de misterio dentro de la caja de sorpresas permanentes que es Buenos Aires. Todo es sólo real arriba, con los vehículos rugiendo y las calles de luces y gris; en cambio debajo de la ciudad, en los túneles enrevesados de la red subterránea, es fácil imaginarme viviendo un mundo mágico, accesible a cualquier milagro, a alguno grande y verdadero o chiquito y de todos los días,* como los que usaba ella. *Sentarme en el último vagón para ver los giros y las curvas. Los cambios de luces como si estuviera en un Tren Fantasma, pero sin miedo.*

Cuando llegó a su edificio de departamentos, vio al portero de la tarde, el que ya no trabajaba más. Fue al primero que conoció cuando llego a alquilarlo.

El hecho que hubiera porteros, durante todo el día a la entrada del edificio, la decidió a alquilar el departamento y *casi me olvido,* el iluminado mural de Batlle-Planas dominando la sala interior. La dicha de poder verlo cada vez que entraba o salía de, desde entonces, *"mi edificio". Iluminado difusamente esta noche,* aunque igual *hermoso, hermoso.*

Ansiaba tanto llegar que no esperó el ascensor y en los últimos peldaños hacia su puerta, tuvo conciencia de todo lo feliz que ella era. *¿Por qué pienso eso?* Y se distrajo en el recuerdo del aleteo violento de las palomas cuando la llave giró activando el metálico mecanismo que repitió el estampido allá en la plaza y sintió tanto desasosiego, tanto, pero Diego estaba desnudo sobre su cama esperándola.

La sorpresa del fin del *"he esperado tanto"* y la confirmación de la dulzura de él, *tanto en dulzura* como ella había imaginado al desearlo así, como ahora lo veía, abandonado sobre su cama todo el tiempo éste y aquél en que su piel era tan suave en su desnudo soñado y su quehacer tan sabio como ella lo sabía, aún sin vivenciarlo. Sus caricias y besos y sus formas armonizándose con las de ella como ella lo esperaba, incesante e intenso todo el tiempo. Sin decírselo *¿por qué?*

Vagamente recordó que había *una* razón, en el *"no amor"* con Diego, *porque Diego, ¿qué?*

Cuando despertó él ya no estaba. Y otra vez el sonido del aleteo despavorido de palomas en sus oídos. Y su apuro en llegar. Debía ir a dictar su clase de Libre Expresión al hospital. Estaba retrasada y era la combinación, del transporte desde Palermo a Constitución, tan dificultosa. *"Tan azarosa"* susurraba Miss Shelbey, y su amiga Mirtha, vociferaba *"un despelote"*.

Pero ella no podía ir a un hospital psiquiátrico hoy, a otro hospital tenía que ir. A uno común donde la curaran, porque ella se había replegado sobre sí misma de dolor allá en la plaza cuando explotó el aleteo de las palomas.

Recordó. Se recordó, lentamente replegándose. Había comenzado a caer viéndose acercar al papel que crujía en el suelo. No se había levantado el papel, como ella había imaginado verlo yéndose hacia el cielo sin palomas en manojo abriéndose dulces, dulce como esa estría que se abrió en su espalda quemándola sin dolor y supo que moría, porque recordó, ya estaba muerta allá en la Plaza Mayo y se esforzó por recordar que día era, por las gacetillas sabría qué día era, *al menos saber qué día muero, al menos el día.*

Sin deseo

*E*l tiempo a mí alrededor sobrándome como una llanura interminable. Tiempo de pensar al mirarme las manos, esos objetos ajenos, pequeños animales extraños de quienes ignoro el alma. Los miro acompañándose en movimientos dispares o al unísono. Nunca solas mis manos, en vecindad solícita e implícita una de la otra.

En mi quietud de tiempo rural e interior bucólico, todo objeto es obviamente justificado en sitio y uso señalado por tradición local.

Habitar la costumbre, el tiempo detenido en que-hacer devorándose y a mí misma. Las tareas rutinarias y afanosas, las comidas sumándose en pasos previsibles. La lluvia esperada como una fiesta junto a los árboles y el sembrado. Junto a los animales gozar su olor anticipándola, su brillo en el húmedo después.

Tampoco era yo un objeto inútil, aunque leyera quieta como el tiempo bajo el *quincho* y el atardecer, o bajo la galería. Sumada a esa atmósfera totalizadora, en la noción de haber nacido quizás sólo para esto. Ser presencia en este espacio sin tiempo, sin otra circunstancia ni interrogante, sin el deber de justificar causalmente mi existencia, sí, la inerte acción de traducirme,
en la opaca quietud donde me acoso.
Y el paisaje de piel y de silencio que extiende y abarca en obviedad, que anula del habla las palabras, porque el Todo es en hechos consumados de simplezas: *Siéntate a comer, es la hora del río, a las seis los caballos, nos esperan en La Tranquera, me pondré la blusa azul.*

He regresado a recuperar perfumes. En este fin de siglo y de vida, embargada en colmar el letargo de la vacuidad otra, mi cuerpo.

Es esta espera de esfuerzo último, ya mendigo, a dignos disimulos y torpezas. Aprendí el pudor, y ni siquiera bien.

Es también mendigo el último esbozo de deseo, ebrio en desamparo. Aquel que reconozco en ausencia, el que no me atreví a desear.

Como todas las noches alcanzo mi cama en prisión liberadora. Allí donde moriré un día y sé, que accederé a la gravitación de este lugar. Su orden me donará un destino. Quizás en un perfume o algún sonido.

*E*l sueño ajeno

*L*a silueta grupal de hombres y canoa contra el horizonte de amanecer enmascarado. Uno calza la faz del pájaro de óseo pico y mirada emergiendo desde una oquedad desorbitada, porque él es, el pájaro de óseo pico.

Es el árbol de espinas, el tótem de otro de los hombres y de ramas trenzadas su punzante máscara. Y en quien la pantera es tótem y él pantera, las zarpas negras y relucientes, significativo adorno.

Se acerca el cielo, recortando en abrazo de plata y oro rojo a las figuras. Los brillos de las aguas montan hacia lo alto. Ya el brillo se impone en rojo amanecer, así como el fruto de la violencia con la que procurarán saldar, el ultraje del hechizo.

Rojos eran los labios de la doncella que hoy llora sus labios vueltos negros en maleficio. Y las siluetas, que el amanecer convierte en guerreros despiadados, encontrarán la sangre, que en breve ritual de violencia, anulará el hechizo.

Los insectos, dejan pasar los cuerpos untados con la magia que exorciza la ponzoña de habitantes de pantanos y maleficios.

Hay quién no piensa en su recién casada. Ahora es guerrero en misión que trasciende al hombre que ama y que desea.

Otro sabe. Esta misión, dará honor a su condición de recién iniciado, y el mérito de poseer mujer en matrimonio.

El tercero, es para siempre célibe. El más potente de los dioses del río, lo pidió a la madre en sueños, anunciándole que el niño en sus vírgenes entrañas, era su hijo y por lo tanto, en donde multiplicar los peces y reducir la sequía. Curar los líquidos del cuerpo, devolver el alma a quien en susto o violencia la perdiera. El alma que es reflejo en transparencia y brilla como el agua. También posee el don de triunfar en misiones de sigilo.

Van en sueños ajenos. De otros que soñaron.

Van dejándose llevar por el ímpetu de otros, en su batalla.

*

El Príncipe no moría, soñaba.

Yacía en el campo de batalla sonora de lamentos. A metal y anhelos, convertía en sudario su armadura.

Rescataré del Santo Sepulcro, la reliquia que ganada en batalla, sana la esterilidad y curará a mi esposa, Doña Elvira.

A mi regreso, al fin del honor de esta Cruzada, daré felicidad al feudo y un heredero, que consolide las alianzas.

*

Crecía en su sueño de *body builder* y cinturón negro karateca, ahora con su mano sólida, sobre la sólida mecánica articulada en la perfección automática de la metralleta. El arma. Nombres de mujer le daban en el batallón, *klein meisje (pequeña niña),* llamó a la suya.

En repetidos tiempos de la marcha, le pareció escuchar el particular canto de pájaro, descrito por los otros soldados. Comentaron, que si le arrancas la última pluma del ala, te vuelves irresistible con las mujeres.

Bromas y desafío entre soldados, desde las creencias de esta gente. Dicen que es toda una hazaña atrapar al pájaro. Pero aún consiguiendo la pluma, igual se burlarían de mí, de nosotros. Aunque ahora llegan los italianos y ya no seremos "el batallón de los nuevos" y centro de todas las bromas. La sensación de decepción le perseguía desde su arribo. Había creído que los soldados en misión pacificadora, convivirían con algo más de respeto entre sí.

Pero usan las mismas crueles humoradas que en nuestros cuarteles holandeses. Alcanzó a pensar, antes que explotara la mina a sus pies y muriera soldado en Somalia.

*L*a robada

*E*staba tan enamorada que el alma se le escapaba por la mirada.

Al ver esa alma como una tentación evidenciada, alguien la robó.

El tiempo transcurre sin pudor ni sosiego. Ella se casó, a su tiempo enviudó, asumiendo la administración de los negocios familiares con la misma mano férrea, que caracterizara a su marido.

Fue madrina del matrimonio de sus hijos, consumados todos, previa su indiscutible aprobación. Acompañó bodas de tiza, de algodón, presentaciones en sociedad de sus nietas. Y luego de una de ellas, cuentan los familiares que perdió la razón. Que olvidando su edad y condición, vistió encajes, volados para cantos y alegrías. Habló de enamorados, de fiestas. Recitó poesías de almas que se roban, se heredan y rescatan otra vez. Contando a nadie que la escuchaba, como y cuando ella reconoció a la suya. A la robada. Saliéndosele de los ojos enamorados, a una quinceañera.

La fuga

*E*l Maestro. Y el aspirante a convertirse en su discípulo, aletargado, en el temor de no ser aceptado por *tan grande Maestro*. Tanto, aún para *éste joven, que así creciera monje o sabio, está destinado a ser Señor,* había asegurado el padre, al presentarlo con orgullo y determinación, ante el Abad, la suprema autoridad del Monasterio.

- *Es probada su inteligencia y humildad ante el saber. Dones que garantiza nuestra noble estirpe y su condición de tercer hijo en hogar de riqueza y poderío.*

La riqueza y poderío podría ser, había pensado el Maestro, cuando el Abad le entregó al aspirante a discípulo. Aunque nada dijo, en su auto impuesto voto de silencio desde hacía ya... *un tiempo sin recuerdo.* Silencio que se obligaba a abandonar, para cumplir misiones devotas, incluso ésta de ahora, *enseñar a servir a Dios sin condiciones, sin desvíos.*

En cuanto a la inteligencia... Y bajaba los ojos el monje Maestro. Siempre con la mirada oculta, para que no se notara el brillo de ideas, no siempre devotas. Sabía el Sabio, alejarlas por hábito y destreza. Destreza en compensar con oraciones, el hábito de sus lecturas insaciables y ocultas. *Tan ocultas como mucho del saber que evidencian ciertos antiguos libros no siempre sacros.* Él los ocultaba muy a resguardo en la vasta biblioteca. *No sólo en este aislado Monasterio se teme el saber, ni en este tiempo, de fe y obediencia a amar a Lord God, por sobre todas las cosas.*

- *Concebido el Universo, como una fuga de la imaginación de Dios.*

Se atrevió a balbucear el Maestro, como al descuido, mientras cerraba las ruidosas puertas y postigos, que los

39

aislaría para el exigido recogimiento de ambos y para la confesión de motivaciones del postulante.

Simulaba balbucear consigo mismo, al azuzar el ingenio de quien le oyera. La mar de las veces, lo hacía sin que ni él mismo lo advirtiera y todas las veces, sin que nadie lo escuchara. Luego se arrepentía y reprochaba su extrema audacia. *No adquiriré jamás la sabiduría que me atribuyen, ni seré aquél Maestro que me nombran, siendo incapaz de controlar mi pasión por el pensar y el decir de las palabras. Por más votos de silencio que me imponga, la excomunión merecería, no ser llamado sabio.* Cavilaba sufriente y culposo el Maestro, juzgándose miserable pecador de orgullo de desear saber, de soberbia en el pensar. Y cada vez más solo en este Monasterio, habitado por monjes sin dudas ni desviaciones, para el casto sentimiento de obediencia y fe al amor a Dios, por sobre todas las cosas.

- *O una fuga de la imaginación del hombre, la concepción de Dios.*

Se atrevió el aspirante a discípulo, balbuceando como al descuido, su respuesta. En tanto, ayudaba a cerrar las ruidosas puertas y postigos que los aislaría a ambos en este Monasterio.

De amor

A aquel intendente de Ámsterdam

*N*o olvidó ella en ningún momento de señalar, que a la noche aquella, podría considerársela *de bolero*. Así de tan romántica, con la luna reposando desganada como de refilón en los canales. Así como ella es, la luna, repitiéndose en semicírculos más o menos sensuales de puentes, ondas acuosas y volutas del gótico nórdico, que adorna la mayor de las aldeas de Europa, Ámsterdam.

El esfuerzo de encontrarse y subyugarse dio sus frutos en él, que logró la sonrisa y ella la emoción. Y se aceptaron mutuamente, circunscriptos en momento de milagro.

El tiempo se ocupó de confirmar su encierro y la gracia especial otorgada por el Burgomaestre de Ámsterdam (de quién todos decían *es una buena persona*), para que la condenada, no fuera trasladada de prisión y pudiera consolidar su amor con el carcelero.

Los casó el mismísimo Burgomaestre (en ceremonia oficiada en coincidencia con la inauguración del espectacular edificio junto al río Amstel, que reunía el nuevo Palacio Municipal junto a la mismísima Opera de la ciudad). *Político progresista*, todos lo decían. Acompañó el bautismo de los hijos, ese *hombre de espíritu abierto y sin prejuicios*.

Luego se traspapeló la relación (entre el supremo funcionario municipal y la pareja), quizás por ajetreos administrativos, privándolo de otorgar gracia especial a la prisionera, para que asistiera al casamiento de los hijos.

El Burgomaestre fue separado al tiempo de su cargo, no así la prisionera que había sido condenada de por vida.

*E*l vaticinio

A mi amiga M.

*A*l plenilunio, en el día que la luna lo festeja, salen las máscaras a danzar al centro del poblado. Allí es donde hablan los ancianos, se exponen los trabajos y las quejas, se enuncian los nacimientos, las muertes y los dones. También se requiere de los ancestros ayuda, y se les pide que formulen, apreciados vaticinios.

Es mediante máscaras de sus animales totémicos que reviven los ancestros. Zair, el consultante, danzó bajo la máscara invocando al protector de su clan. Y ha aconsejando, el consultado por Zair, que abandone a la mujer blanca, porque la órbita de su útero - ojo de vida - no coincide con la cavidad del vaso tradicional del matrimonio. Desproporción que convierten en estéril, las alianzas.

Zair ha invocado protección, en la exigencia que su ancestro se demuestre veraz y pródigo en propiciar su propósito: irse de África.

Los ancestros, poderosos semi héroes (si en vida poseyeron linaje real), acuden al llamado en la seguridad que el invocante, acatará el consejo.

Zair ama la piel blanca de la mujer que le habla de la belleza de las canciones tradicionales de su pueblo. Use o no, guitarra eléctrica el cantante para acompañar el canto. *Aunque en proceso de aculturación*, le dice, *es aún literatura oral vigente*. En tanto, le sonríe *aunque acompañados musicalmente con instrumentos foráneos, se verifica un apreciable nivel de funcionalidad, en estos cantos. Acerbo de costumbres, proezas de guerreros y ancestros.* Y lo mira callada, alentándolo, para que él siga contando hazañas e himnos de su pueblo.

Zair ya tiene dos esposas y seis hijos y ninguna mujer blanca. Si la toma por esposa, viajará a Holanda.

Tenga o no hijos con la mujer blanca (dada la esterilidad que asegura el ancestro), tendrá una televisión para él solo en la casa. *Yo la uso únicamente para el video*, promete la mujer.

Zair perderá el temor por la sequía que arrasa el cultivo y mata las nuevas crías del ganado, desde hace ya tres penosas estaciones de cosecha.

La mujer blanca, tiene un oficio que no necesita de lluvias ni animales. Cuando hace el amor, si no grita, lo reta. Anota todo en una libreta interminable. Parece siempre la misma pero que *ya van tres completas*, ha comentado orgullosa de escribir en ellas, todo lo que él habla.

Zair piensa y al imaginar, recuerda. Quiere contarle todo lo que sabe y lo que averigua que recuerdan los demás. Y vuelve a querer creer en todo lo que cuenta. Sus palabras, toman formas de animales, cuando él cuenta. Y aparecen en el aire valerosos guerreros y ancestros condescendientes y modernos, que ya no infunden miedo, ni exigen obediencia inapelable al vaticinio, cuando se los consulta por consejos.

Son de hazañas y alegrías nobles, las historias que recuerda Zair. Y cuenta en alegrías, que le son devueltas en el celeste contento de los ojos de la mujer blanca, que escribe sin so-siego.

Parece una historia nueva de tan antigua, cuando Zair nombra, su nombre secreto y el secreto de los dioses, y sus virtudes. Le cuenta también aquello que saben solamente los iniciados de linaje noble, como él. Le cuenta del pacto con los dioses. *Los iniciados sabemos de las debilidades y pecados de los dioses. Y pocos somos quienes sabemos, de las obligaciones y derechos que reservan para nosotros, los dioses más poderosos.* Y la mira mientras anota hablándole a él, pero con la vista fija en la libreta, de *la vigencia de los mitos. Todo lo que me cuentas saldrá publicado en un gran libro* ella le dice emocionada, *y quedará para siempre escrita la historia de tu pueblo y tus creencias.*

- *¿Y lo que no te cuento?*

- *Pero vos me cuentas todo lo que te pregunto.* Se nublan los brillos de su mirada celeste. Frunce el ceño y afirma, *eres un informante perfecto.*

- *¿Y si algo no cuento?*

- *Si algo no me cuentas, no saldrá escrito en el libro. Y en poco tiempo no existirá más, se olvidará para siempre, porque no habrá quien lo recuerde. La tradición cultural de tu pueblo, bueno... ustedes, viven un período de intenso contacto interétnico y de asimilación al proceso civilizatorio occidental y moderno.* Y piensa la mujer, *¿me estará pidiendo un aumento de sueldo? Sería un problema, porque tengo la justa correlación entre la colecta del trabajo de campo y el dinero, hasta que termine la beca.*

No le contará a ella lo que dijeron los ancestros, *si le cuento el vaticinio quedara para siempre escrito en ese libro y se volverá verdad el consejo del ancestro y ella puede que me abandone, si sabe que nuestra alianza no nos dará hijos. Puede que no se case conmigo, ni me lleve a Holanda como dice que me lleva y que me consigue trabajo, me promete.*

*V*a

*V*oy calzado en la mano del hombre y le prevengo,

\- *Con el filo hacia arriba* y no me escucha

\- *Lanza el golpe de abajo hacia arriba* y nada, no tiene agallas el hombre que me empuña y se deja ensartar como una res en el puñal del otro.

La mano muriendo afloja la presión con que la tengo y me libera para que otra, una cualquiera venga a mí a empuñarnos hasta sus ojos reflejando mi brillo de hoja desnuda y al acecho.

*S*ight

*E*n pacto atávico, figuras ante una mesa cubierta con brocados.

Sobre la mesa, objetos que confirman y se constituyen en el pacto.

Connotan una tradición que les trasciende, delinean una identidad. Vuelven previsible un destino, sino lo definen categórico.

El contexto conjura estereotipias. Trasciende el quehacer de generaciones.

Fetichescos o sacros los objetos. Tanto es el poder que les concierne, y tanto otorgan.

¿Acaso embleman una dinastía o rango? ¿Son herramientas substanciales de un sabio oficio, transmitido de generación en generación a quien lo hereda o merece? ¿Objetos de oprobio? ¿Estigman con deshonor o escarnio? Los objetos poseen a su gente. El código que los vincula y consolida es costumbre, memoria cicatrizada y seña.

Las figuras aceptan.

*E*l primer dios

*E*l silencio vibra en la canción usado en ritmo y sabia monotonía para cumplir una misión precisa, comunicar el sentimiento quieren esos sonidos más que simples, de palos entrechocándose al acompañar las voces guturales,

Palos que no son aún bastones, voces que no erigen la palabra.

Es sin embargo el tiempo de reunidos propiciarse a una verdad que inventarán eterna.

Rezan un credo que concibe una idea omnipresente.

El balbuceo no interroga del porqué de su existencia. Inventa un miedo al que postrarse.

*L*a Huida

*C*omo un manto se extiende la llanura envolviendo al jinete. Encubriendo en su monotonía, al soldado que huye despavorido de su batalla de inédita melodía, como la de los cascos, buscando un ritmo imposible junto al respirar forzado de la bestia y miedo del jinete.

Antes, fueron los estandartes vencidos en harapos. Sucesivos batallones echados sobre la derrota en el campo de batalla y de dolor, de gemir de huida o de victoria. Ignoraba el que huía, si su ejército era el victorioso de esa batalla sin victorias.

Al galope lo sofrenó el río ancho, devorador en amarillos remolinos densos, de poderosa correntada. Agregaba un sin fin de miedos al que huía y al animal, le alertaba el instinto.

Instinto de caballo y miedo de muchacho, vencidos al arrojarse ambos a las aguas. Desafiaron la furia enroscada del río, sus remolinos se ensañaron con hombre y bestia, arrastrándolos hacia sus saltos sucesivos *Las piedras son como bayonetas,* pensó el soldado, *van a destrozarnos.*

Llegaron mansamente a la playa de piedras blanca, de aristas inofensivas sin la fuerza del río. No pensó el muchacho que eran como sables las aristas, porque no se detuvo. Fue otra vez un cuerpo con el cuerpo de la bestia en galope y sonido de cascos. Respirar forzado y galope que encontraba melodía, porque el soldado, ya no era sino un muchacho, que corría con su caballo.

*E*l buen Jesús

*E*l actor personificando a Jesús en la conmemoración de Pascuas, logró tal grado de identificación con su personaje luego de pasar cuarenta días y sus noches confinado a soledad para compenetrarse con so rol, que perturbaba la puesta en escena de la obra al multiplicar en cientos los peces y los panes de utilería, aún en los ensayos.

Potreritos, de potrero: lugar donde se guardan los caballos, por extensión, se denominan así los espacios baldíos en la zona urbana.
Pinche: empleado de baja categoría
Piringundines: cafetines nocturnos.
Pituca: elegante.
Yirar: andar.

Otras publicaciones de la autora
Serie: *Por el amor a las palabras,* Papeles del Sur

Narrativa

Cuentos

1992
Historias de Submundos y Conjuros, Ediciones Ecosur, Montevideo, 1992

1993
El Vientre del Pez/ De Buik van de Vis
Cuentos, Papeles del Sur, Ámsterdam, 1993

1994
La Mariposa y el Leopardo/De Vlinder en de Luipaard , cuentos, Papeles del Sur, Ámsterdam, 1994

2007
Mujeres Tango, cuentos, Papeles del Sur, Ámsterdam, 2007

Poesía

POEMAS *es antología de los ensambles poéticos:*
*La Risa del Ángel y Otros Poemas en Voz Alta; Het/*Eso; *El Ángel y el Golem; La Casa de Agua.*

Dibujos de Humor

Vamos Eva, Dibujos de Humor *Dengue*, Papeles del Sur, Buenos Aires, 1994